Pour Scarlett, de la part de maman

L'édition originale
de ce livre a été publiée
en 2005 chez Egmont UK Limited.
239 Kensington High Street,
London W8 6SA. R.-U.

Édition publiée par les Éditions Scholastic, 604, rue King Ouest, Toronto
(Ontario) M5V 1E1, avec la permission d'Egmont UK Limited.

5 4 3 2 1   Imprimé en Malaisie   09 10 11 12 13

Catalogage avant publication de Bibliothèque et Archives Canada
Monks, Lydia
Aaaaaah! Une souris! / Lydia Monks ; texte français d'Hélène Pilotto.

Traduction de: Eeeek, mouse!.
Niveau d'intérêt selon l'âge: Pour les 3-8 ans.
ISBN 978-0-545-98230-6
I. Pilotto, Hélène II. Titre.
PZ26.3.M6537Aab 2009   823'.914   C2009-901203-0

– Comment peut-on **ne pas aimer** les souris? demande Minnie.

Facile!

Elles sont si mignonnes avec
leurs grandes oreilles,
leur petit museau qui remue
et leur adorable queue, très longue...

- Les souris grignotent
tout ce qu'elles
trouvent, répond
la maman.

- Elles me donnent
des frissons dans le dos,
ajoute le papa.

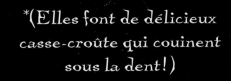

*(Elles font de délicieux
casse-croûte qui couinent
sous la dent!)

- Nous devrions construire un piège à souris super ingénieux, suggère le papa.

- Noooon! tu ne peux pas faire ça! proteste Minnie.

- Ne t'inquiète pas, répond le papa. Je ne vais pas lui faire de mal. Je veux juste l'attraper pour ensuite la relâcher dans la nature.

- Mais elle pourrait se faire manger! s'écrie Minnie.

Mais le papa n'en fait qu'à sa tête. Il se met aussitôt à construire son piège à souris super ingénieux.

Minnie court dans sa chambre. Elle aussi vient d'avoir une idée super ingénieuse...

Au beau milieu de la nuit, Minnie va nouer une ficelle au piège à souris super ingénieux de son père.

La ficelle est reliée à une toute petite clochette. Si une souris tombe dans le piège, la toute petite clochette sonnera et réveillera Minnie. Ainsi, la fillette pourra tout de suite aller secourir la souris. La clochette est tellement petite que seule Minnie peut l'entendre.

ding! ding!

Plus tard, cette nuit-là, Minnie entend un léger tintement.

Elle descend au rez-de-chaussée sur la pointe des pieds et jette un coup d'œil au piège à souris super ingénieux de son père. Une toute petite souris est là et la regarde.

– Bonjour, petite souris, murmure Minnie.
Je suis venue te sauver.

Minnie prend délicatement la souris dans sa main et monte dans sa chambre. Elle la dépose dans la maison de souris qu'elle a fabriquée avec grand soin.

La souris semble ravie.

Le lendemain, le papa, lui, n'est pas
ravi du tout de constater que
son piège à souris super ingénieux
n'est pas aussi ingénieux
qu'il le croyait.

– Je n'ai rien attrapé, dit-il dépité.
Il décide de procéder à quelques
réglages.

La nuit suivante, à la
grande surprise de Minnie,
la clochette tinte
de nouveau.

ding!

ding!

Il y a là une autre toute
petite souris qui la regarde.

Minnie n'en revient pas. Quelle chance elle a! Elle n'a pas sauvé seulement une souris, elle a sauvé une famille entière!

Et toutes ces souris semblent très heureuses dans leur nouvelle maison de souris.

Mais aucune d'elles
n'a remarqué le chat.
Il mijote un de ses
coups super ingénieux
dont il a le secret.

Voici l'occasion qu'il attendait.
Il s'approche, plus près,
plus près encore, puis...

il saute et atterrit
en plein sur la tête
de Minnie!

– Sauvez-vous!
crie Minnie.

Une fois encore, Minnie a sauvé les souris! Mais dorénavant, elle devra être plus prudente.

Le lendemain matin, le papa se résigne. Il démonte son piège à souris super ingénieux.

– Les souris doivent être parties, sinon je les aurais attrapées, dit-il.

Minnie sourit.
– Tu as raison,
papa, dit-elle.

Je pense que les
souris ont trouvé un
endroit plus agréable où
habiter.

C'est exactement ça. Minnie
sait qu'elle doit garder son
petit secret qui couine.

Pourvu que le chat
n'ait pas un autre coup
super ingénieux
en tête...